© 2021, Philippe Malgrat

Édition : Books on Demand,
12/14 rond-Point des Champs-Elysées, 75008 Paris
Impression : BoD - Books on Demand, Norderstedt, Allemagne
ISBN : 9782322199099
Dépôt légal : Février 2021

En couverture une œuvre originale de **Franck Savoye**

savoyefranck@gmail.com

Les partitions ont été transcrites avec le logiciel CRESCENDO

UT queant Laxis, **RE**sonare Fibris,

MIra gestorum, **FA**muli tuorum,

SOLve polluti, **LA**bii reactum,

Sancte Joannes

Vers l'an mille, le moine Italien Guido d'Arrezo mit à profit l'Hymne de Saint Jean Baptiste, ce poème musical, pour transcrire le nom des notes et leur séquencement dans la gamme. À l'origine celle-ci ne comportait que sept notes et la portée quatre lignes. Le SI - noté ici S-J - a complété l'octave. Il n'a été ajouté que vers l'an 1 300.

C'est un autre moine et physicien, Marin Marsenne (1588-1648) qui établit le premier la loi physique reliant la fréquence propre d'une corde tendue et ses propriétés comme sa longueur, sa densité linéique et sa tension. La gamme moderne dite « tempérée » divisée en douze tons équivalents, réunissant les concepts de Pythagore et ceux de la gamme naturelle, a été codifiée par Werckmeister (1645-1706). C'est celle qui est adoptée en occident jusqu'à aujourd'hui. La notion de division de **la** gamme en tons et de l'octave, s'est perfectionnée au profit **des** gammes déclinées en notes altérées ou non, selon leurs tonalités. On dit usuellement gammes mineures et gammes majeures. Jean Sébastien Bach et Jean Philippe Rameau les ont adoptées les premiers.

Cette digression pour illustrer que tout ne va pas de soi dans la codification et la transcription musicale. Ce bref historique permet entre autres, d'expliquer pourquoi les compositeurs baroques d'avant le XVIIIe siècle ont parfois inventé leur propre gamme. C'est le cas de Domenico Gabrielli avec son Ricercar n° 7, inclus dans ce recueil. Vous apprécierez les 10 premières mesures de cette œuvre, tant cette introduction est étonnamment moderne.

Quels sont maintenant vos champs d'exploration musicale ?

Autodidacte dans la pratique du violoncelle, vous ne vous considérez plus comme débutant et voulez progresser. Il vous est maintenant facile de déchiffrer un morceau dans les gammes usuelles de DO, SOL et FA Majeur. Votre main gauche est jusqu'ici restée agrippée dans le haut de la touche, soit en première position, risquant parfois de brèves incursions jusqu'à l'éclisse, soit en quatrième position. Lorsque vous avez eu la chance d'observer de près les violoncellistes de l'orchestre, vous avez constaté qu'ils et elles ont la main gauche baladeuse. Celle-ci chemine allègrement et gracieusement jusqu'au milieu de la touche et parfois jusqu'au chevalet. Le doigté des nouvelles gammes comme celles de **MI-majeur** et **LA bémol majeur** que je vous propose d'apprendre, nécessitent une telle gymnastique. Elles se reconnaissent sur la partition par ces symboles :

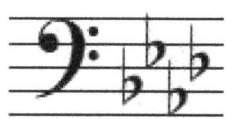 

Dans cet ouvrage, je vous indique les doigtés et les notes. Je vous propose de vous référer également à l'excellent tableau des « notes & positions au violoncelle » que l'on trouve sur internet sur le site www.apprendre-le-violoncelle.com. Des considérations de propriété intellectuelle m'interdisent de le reproduire ici. Notez que la personne qui a créé ce site est également autodidacte !

Pour les œuvres transcrites dans les gammes usuelles, vous ressentez le besoin de consolider votre jeu - l'expressivité dans les arpèges notamment - et stabiliser votre rythme pour exécuter les morceaux assez longs. Pour cela, il faut s'entraîner à jouer l'intégralité d'une œuvre au métronome et éviter l'insensible accélération que tout musicien essaye de corriger. Jouer longtemps demande de l'endurance physique. Pensez à respirer ! Et à maintenir votre concentration y compris dans les passages que vous maîtrisez.

Dans le cas des arpèges, il me semble qu'il faut accepter, tout du moins lors du déchiffrage d'un nouveau morceau, de s'écarter de la transcription exacte de la partition en ménageant des temps de respiration qui vont se traduire par des ralentissements, voire des arrêts d'une demie pause au maximum, afin d'éviter un jeu trop mécanique, qui la plupart du temps, fait ressortir vos défauts de jeu. Les partitions des arpèges du concerto grosso de Corelli sont annotées dans ce sens.

Rappelez-vous que le site Musescore contient environ 600 partitions pour violoncelle. Il n'y a que l'embarras du choix ! Parfois, vous regrettez que d'admirables morceaux que vous voudriez jouer ne soient disponibles qu'en clé de SOL. Il est peut-être temps d'acquérir un logiciel de transcription musicale, comme CRESCENDO, facile d'utilisation, pour ceux qui n'ont pas approfondi le solfège - ce qui est mon cas. Vous pourrez ainsi, d'une œuvre écrite au départ en clé de SOL, la transposer en clé de FA moyennant le décalage des notes, d'une quinte vers les graves. Ou encore transposer une partition écrite dans une gamme difficile d'exécution, dans une autre tonalité dont le jeu sera plus accessible.

J'espère que les partitions de ce recueil vous aideront à progresser !

Arpèges

morceau d'échauffement

Gabrielli (extrait)

Concerto Grosso Op 6 – Arcangelo Corelli
Per la notte de Natale

Les ***Concerti grossi, op. 6*** font partie d'une série de douze, écrits par Arcangelo Corelli (1653-1713) et publiés de manière posthume. Il s'agit de sa dernière œuvre publiée.

L'Opus 6 est divisé en deux séries, les huit premiers concertos pour orchestre à cordes étant appelés *Concerto da chiesa* (concerto d'église), les quatre derniers étant des *Concertos da camera* (concerto de chambre) comprenant plusieurs mouvements de danse.

La partition jointe est un arrangement, pour violoncelle seul, du concerto n° 8 en SOL Mineur composé pour la nuit de Noël. Il est constitué de :

- 1. Vivace - Grave
- 2. Allegro
- 3. Adagio - Allegro - Adagio (supprimé dans ce recueil)
- 4. Vivace - Allegro - Largo (pastorale)

J'ai apporté quelques modifications par rapport à l'arrangement original. Dans le « Grave » du début, j'ai supprimé les altérations des notes des mesures 11, 18,19, 20 qui à mon avis, atténuent la solennité de l'introduction de ce concerto.

Les deux morceaux d'Allegro suivants, constitués d'arpèges sont ceux qui demandent le plus de virtuosité. Le Ricercar n° 6 de Gabrielli vous permettra de vous échauffer, pour vous dégourdir la main gauche. Le rythme est la croche. Si on respecte à la lettre ce tempo, cela risque d'induire une restitution très saccadée qui par ailleurs fera ressortir vos moindres défauts et hésitations.

Aussi, je vous propose d'apporter une respiration en adoptant un très léger temps d'arrêt (noté || sur la partition) à l'issue des « phrases musicales ». C'est affaire de subjectivité bien sûr. Votre jeu n'en sera que plus expressif et à l'écoute, il donnera l'impression d'une plus grande maîtrise. Lorsque celle-ci sera objectivement acquise, vous pourrez alors minimiser, voire supprimer ces temps d'arrêt.

Bien accentuer les attaques sur les noires du début du Vivace pour donner plus d'expressivité. Par contraste, la deuxième partie se joue de façon gracieuse.

J'ai retiré la plupart des pauses de la Pastorale qui nuisent à la fluidité du morceau en noyant les nombreux passages syncopés très expressifs.

Pour ceux qui préfèrent la partition originale, elle peut être téléchargée gratuitement sur le site Musescore (projet Mutopia). L'arrangement est dans le domaine public

Concerto Grosso Op.6

Arcangelo Corelli

- - - § - - -

Ricercar n°7
Domenico Gabrielli

Domenico Gabrielli (15 avril 1651 - 10 juillet 1690) est un compositeur et violoncelliste italien. Né à Bologne, il a joué dans l'orchestre de la Basilique San Petronio et a été membre, puis président, de l' Accademia Filarmonica de Bologna. Durant les années 1 680 il a également été musicien à la cour du duc Francesco II d'Este de Modène.

Gabrielli a composé une dizaine d'opéras et quatre oratorios. Quarante ans avant J.S. Bach et ses six suites, il est reconnu pour être l'auteur des premières œuvres pour violoncelle seul avec ses sept Ricercari. Ses propres interprétations sur cet instrument lui ont valu le surnom de *Mingain* ou "Dominique du violoncelle".

Originellement écrit DO majeur, Gabrielli s'est inventé une gamme spécifique pour composer ce Ricercar n° 7. Ainsi le LA est systématiquement altéré en LA dièse comme d'ailleurs le DO qui devient un DO dièse et le FA de la corde RE modifié la plupart du temps en FA dièse. Et ce n'est pas tout ! Aussi j'ai adopté la gamme de SOL majeur pour la transcription de ce Ricercar, tout en conservant la tonalité des notes altérées. Pour en simplifier l'exécution, j'ai réduit les triples croches des arpèges en doubles croches. Vous constaterez que les douze premières mesures sont étonnamment contemporaines ! Aussi, bien que faisant partie de l'univers du baroque, cette œuvre peut aisément être confondue avec des compositions beaucoup plus récentes. J'ai volontairement retiré les indications des trilles, tant elles y paraissent pour moi anachronique !

Je vous souhaite tout le plaisir de le jouer !

Ndl : Pour les puristes qui préféreraient la partition originale intégrale, je vous recommande : Domenico Gabrielli - The Complete Works for Violoncello - édité par Hortus Musicus.

Ricercar n° 7

composé pour violoncelle seul

Domenico Gabrielli

13 LE VIOLONCELLE

Le chant du cygne – Standchen D 957 n°4
Franz Schubert

Franz Schubert compose ces 14 derniers lieder de son œuvre « tardive » à la fin de sa vie, où il vit chez son frère Ferdinand à Vienne, avec qui il collabore pour composer, avant de disparaître précocement au mois de novembre à l'âge de 31 ans. Le recueil est publié à titre posthume par son premier éditeur Tobias Haslinger, qui souhaite probablement le présenter comme le testament artistique de Schubert. Le titre du recueil fait référence au *« chant du cygne »,* dernier chant merveilleux et tragique du cygne d'Apollon (Dieu du chant, de la musique, de la poésie, des purifications, de la guérison, de la lumière, et du soleil) au moment où il sent qu'il va mourir.

Ce lied a été composé pour piano et violoncelle. La partition jointe est un extrait de l'œuvre, adaptée pour un violoncelle seul.

Les seules difficultés d'exécution sont concentrées dans les mesures 65 à 68. Il s'agit d'identifier le meilleur doigté pour restituer les notes altérées.

Standchen D'957 n° 4

arr. pour un violoncelle

Franz Schubert

Il était une fois l'Amérique – Thème de Deborah
et
Mission – Le hautbois de Gabriel
Ennio Morricone

Ces deux thèmes emblématiques, constituent un bon support d'apprentissage de ces deux gammes difficiles que sont celles de Mi-Majeur et de LA- bémol Majeur. Ces morceaux sont lents et tout le monde à leur mélodie en tête. Cela devrait aider. Qui n'a pas eu les larmes aux yeux en écoutant le solo de hautbois du film Mission, souvent repris en orchestre ? Écrit en clé de sol, j'ai transposé toute la mélodie en clé de FA, en décalant les notes d'une quinte vers les graves.

Le thème de Deborah, composé pour piano et repris récemment par la pianiste Kathia Buniatishvili a reçu l'oscar de la meilleure musique de film. La composition d'Ennio Morricone fait partie intégrante de l'épopée américaine du dernier film de Sergio Leone ; il était une fois l'Amérique. Le thème de Deborah intervient au cours d'une scène de viol. Il est censé renforcer cette situation d'un amour impossible lorsque les héros du film ne peuvent que se séparer, appelés à des destins divergents.

Le procédé d'adaptation de la partition initiale pour violoncelle est le même. L'ensemble de la mélodie a été transposé d'une quinte vers les graves. J'ai conservé cette sorte de martellement sourd que l'on joue par de légers pizzicati sur la corde DO. Ces « ostinati » produisent cette impression de solennité pathétique qui renforce la personnalité de ce morceau. Avec un tempo de 60 à la noire, il est suffisamment lent pour pouvoir se familiariser progressivement avec cette gamme difficile d'exécution.

Merci à Ennio Morricone pour ces œuvres magnifiques !

Ndl : les transpositions de la clé de SOL à la clé de FA ont été réalisées à l'aide du logiciel CRECENDO. Il est nécessaire néanmoins, de transposer à la main toutes les notes d'une quinte vers les graves.

le hautbois de Gabriel (film Mission)

arr. pour violoncelle
Ennio Morricone

Décliner la gamme
Doigté de la gamme de LA bémol majeur

Doigté "usuel" de musicien minimisant les mouvements de la main

[Portée musicale : 1 2ex 4 | 1 2ex 4]

1ere III   4e III   *remontée d'un demi ton de la main entre la corde III et la corde II*

[Portée musicale : 1 2 4 | 1 2 4 | 1 3 4]

3e II   2e I   4e I

remontée d'un ton de la main entre la corde II et la corde I

La corde IV (corde la plus grave), n'est pas utilisée pour décliner la gamme de LA bémol majeur.

Par ailleurs on ne joue pas de corde à vide pour cette gamme.

Il existe bien sûr plusieurs possibilités de doigtés. Celui que je vous propose n'est pas de prime abord celui qui viendrait naturellement à l'esprit du débutant, en se rapprochant de la première position et de façon à annuler tous les sauts lors du passage d'une corde à l'autre. Le doigté que j'ai appris est celui que pratiquent les musiciens confirmés. Il a pour stratégie de minimiser les mouvements de la main. C'est également celui qui préserve la justesse en déclinant la gamme.

La préconisation des musiciens est de commencer l'étude d'un nouveau morceau en y ajoutant au crayon les doigtés standards, puis d'adapter en le jouant un doigté particulier qui minimiserait un mouvement excessif de la main périlleux pour la rapidité d'exécution et la justesse. Vous pouvez ainsi rechercher votre propre doigté à partir de la déclinaison des notes ci-jointe :

lab   sib   do   réb   mib   fa   sol   lab

lab   sib   do   réb   mib   fa   sol   lab

Le doigté de la gamme de LA bémol Majeur

Commencez par pastiller la touche de votre instrument comme indiqué sur la photo et en positionnant les gommettes judicieusement par rapport à la première position que vous connaissez déjà :

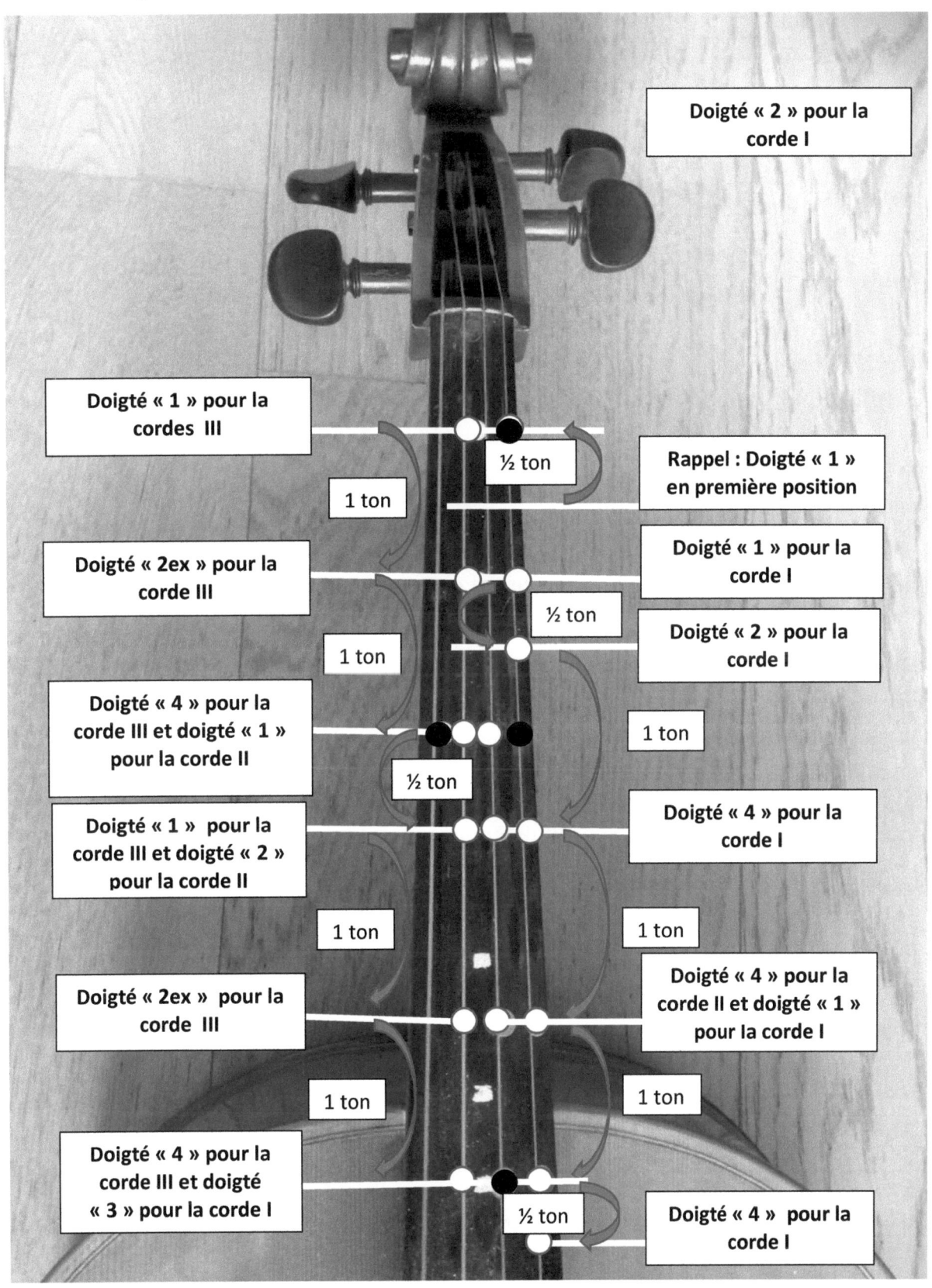

Décliner la gamme
Doigté de la gamme de MI majeur

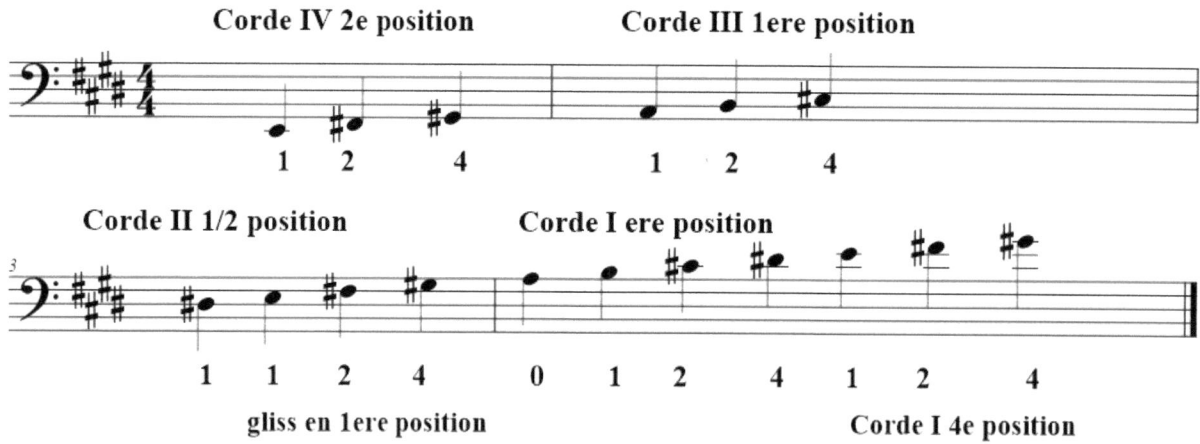

Pour décliner la gamme sur la corde IV (la plus grave) on commence par la position 2 pour jouer les trois notes MI, FAdièse et SOL dièse séparées chacune d'un ton.

Puis on remonte d'un ton pour démarrer sur la corde III et jouer successivement LA, SOL, DO séparées elles aussi d'un ton.

On remonte d'un demi ton pour attaquer la corde II en demie position et jouer le MI bémol du doigt 1 . Puis on glisse la main d'un demi ton pour se retrouver en première position et jouer MI , MI, FA dièse et SOL dièse, ce qui correspond au doigté 1,2,4.

Enfin sur la corde I, que l'on commence par jouer à vide, puis SI (doigté 1 de la première position) puis DO dièse et enfin MI bémol. On passe en 4eme position pour jouer MI en descendant d'un demi ton, puis FA dièse et enfin SOL Dièse.

La difficulté réside dans le fait que le doigté 1 en 2ᵉ position pour la corde IV n'est que peu utilisé. On n'a pas de point de repère (mettez une pastille sur votre touche). Pour passer d'une corde à l'autre il faut monter d'un ton , puis d'un demi ton et enfin jouer la corde I à vide et poursuivre en première position comme pour la corde II.

Ci-après les notes de cette gamme si vous voulez adapter votre propre doigté :

Le doigté de la gamme de Mi Majeur

Commencez par pastiller la touche de votre instrument comme indiqué sur la photo et en positionnant les gommettes judicieusement par rapport à la première position que vous connaissez déjà :

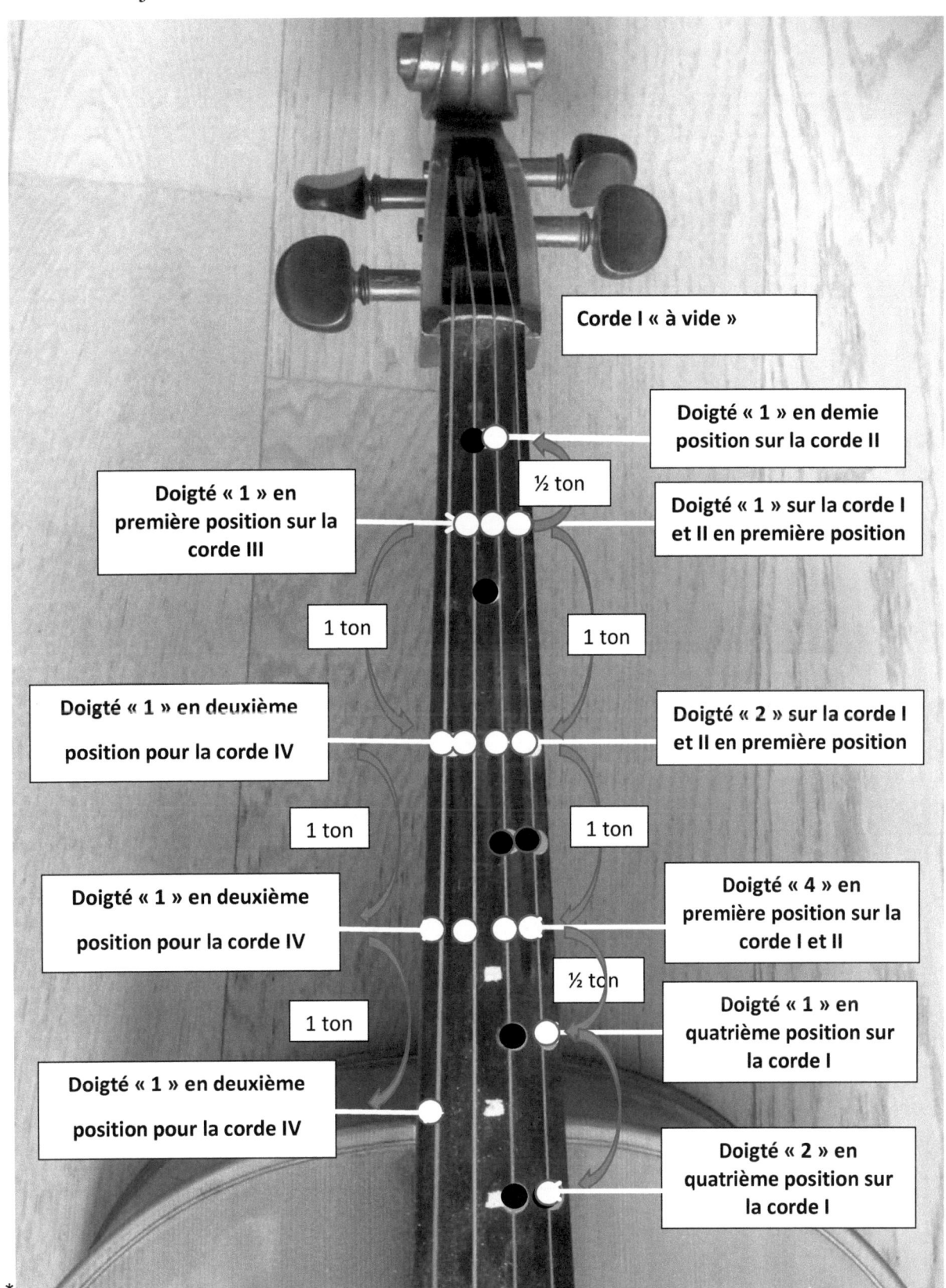

Thème de Déborah

arr. pour violoncelle

Ennio Morricone

Liste des partitions

--- § ---

Ricercar n°6 (extrait) – Domenico Gabrielli

Concerto Grosso Op 6 – Arcangelo Corelli

Ricercar n° 7 - Domenico Gabrielli

Standchen D 957 n° 4 (extrait) – Franz Schubert

Mission – hautbois de Gabriel – Ennio Morricone

Il était une fois l'Amérique – Thème de Deborah – Ennio Morricone

--- § ---

Déjà paru dans la même collection

Le Violoncelle ISBN 9782322133710 , BoD
Guide et méthode pour débuter

Cello practice ISBN 9782322220465 , BoD
Guidelines & Testimonials about self learning

Le Violoncelle ISBN 9782322224227, BoD
Morceaux choisis pour débutants – partitions niveau 1

Le Violoncelle ISBN 9782322254026 , BoD
Cinq partitions dans la gamme de Mi-bémol majeur